me for him self his heirs and assigns and ac-
...ereof the following described Slaves for life,

..., named "Edy", aged abou...
...Negro (son) Boy named "Charles..."
...eclared to b... ... legal...
...dor — and bring herein fully...
...edhibitory vices, defects
...by the Laws of Louisiana
...s were acquired by the...
..., in the State of Virginia...
...ate recently ___

...rolina.

...sents shall come I *Robert F. W. Allston* in the State aforesaid, *Planter* send, **GREETING:**

...known *Robert F. W. Allston* by my bond or ob-
...even date with these Presents stand held and firmly bound unto
...Executor of *Thomas Carr* in the penal sum of one thousand four hun-
...dollars Conditioned for the full and just sum of seven hundred
...read in two equal annual installments with interest payable annu-
...ly the said Bond and Condition, reference being thereunto had unto
...at large appear

...the said *Robert F. W. Allston* unto the said *Joseph W. Allston Executor as aforesaid his*
...payment of the said sum of seven hundred and twenty dollars

...nistrators, or Assigns, together with lawful interest for the same, **Have** bargain and sell, and in plain and open market deliver unto the said *Joseph W. Allston*
...aforesaid, the following negro slaves to wit *Daniel, John Barton, Kate,*
...Peter

...d to hold the said negro slaves
...*Joseph W. Allston Executor as aforesaid his* Executors, Administrators, and Assigns: forever.
...vays **Nevertheless,** That if the said *Robert F. W. Allston* his
...s, or Administrators, shall and do well and truly pay, or cause to be paid unto the said *Joseph W. Allston* the full and just sum of
...his certain Attorney, Executors, Administrators, or Assigns, the full and just sum of
...id his Bond and Condition aforesaid, and of these presents, together with lawful interest
...the true intent and meaning of the said Bond and Condition aforesaid, and of these presents, together with lawful interest
...y thing herein contained to the contrary thereof in anywise notwithstanding. shall cease, determine, and be utterly void and of none

...Deed of bargain and sale, and all and every clause, article and thing therein contained, shall cease, determine, and be utterly void and of none
...**it is hereby Declared,** by and between the said parties, and the said *Robert F. W. Allston his*
...*Joseph W. Allston Executor as*
...do covenant, promise and agree, to and with the said *Joseph W. Allston Executor as* that then, and in such
...happen to be made of, or in payment of the said sum of *Seven Hun-*
...aforesaid his times hereafter, peaceably

Freedom over me

哦！自由！

與牛、豬、棉花一起標價出售的十一名奴隸
他們的夢想與呼喊

阿西立‧布萊恩 文‧圖

張子樟 譯

菲爾柴德莊園，1828年

At An Appraisement Held at the House of
Mrs Fairchilds on the 5th July 1828 to apprais
the Property of the Estate of Cado Fairchild
Decd Desposed of his will —

One Negro woman Namd Peggy —————— $150-00
one do do do Charlott and child ——— 400-00
one Boy namd Neptine —————— 300-00

$150-00
400-00
300-00
100-00
300-00
175-00
100-00
189-00
864-00
100-00
60-00
1-00

250-00
150-00

4494 lbs Jim Cotton @ 7 1/2 cts pr lb $337-05

$337-05

3476-5

$150-00
400-00
300-00
100-00
300-00
175-00
100-00
189-00
864-00
100-00
60-00
1-00

250-00
150-00

3476-5

ciatify the Above To be A Just and True
praisement of all the Property Mentioned in the
will & Testament of Cado Fairchilds Decd

瑪麗・菲爾柴德夫人

我哀悼我的丈夫——
卡多・菲爾柴德的逝去。
他獨力管理我們的莊園,
十一個黑奴為他工作,
讓我們的莊園繁榮起來,
他從來沒有催過監工。

我的丈夫教導奴隸
學習各種手藝——
木工、縫紉、
製陶、編織、鐵工。

我們的莊園興建完成,
菲爾先生將訓練有素的奴隸
借給鄰近的莊園。
他們勞動的收入
都進到我們的口袋,
這些收益提升了
我們莊園的價值。

先生過世之後,
這裡的生活我無法忍受。
我信任我們的黑奴,
但我聽了不少
奴隸反抗、逃亡的故事,
我感到不安。

我的莊園正待價而沽。
出售後,
我會回到英格蘭老家,
在那兒我可以無所畏懼的生活,
周圍都是我的同胞,善良的英國人。

At An Appraisement held at the House of
Mrs Fairchilds on the 5th July 1828 to apprais
the Property of the Estate of Cado Fairchilds
Dec'd Disposed of as will —

One Negro Coom Nand Pigg and child	$150–00	
	Charlott	400–00
one Boy nand Steph —	300–00	
one woman Melvina	100–00	
one Girl Jane	175–00	
one to Amelia	150–00	
one Man Quash	189–0	
21 — Large Steins @ $9	864–	
192 Head of Stock Cattle @ $4–50	100	
one Boy Mor	60	
one Lot of Hogs 40 H. @		
One Handmill		
one Negro nan Nams Bacus	25	
woman Betty		
1 494 lot fine Cottons @ 7cts pr lb		

2–50
1 50
1
3
00
11

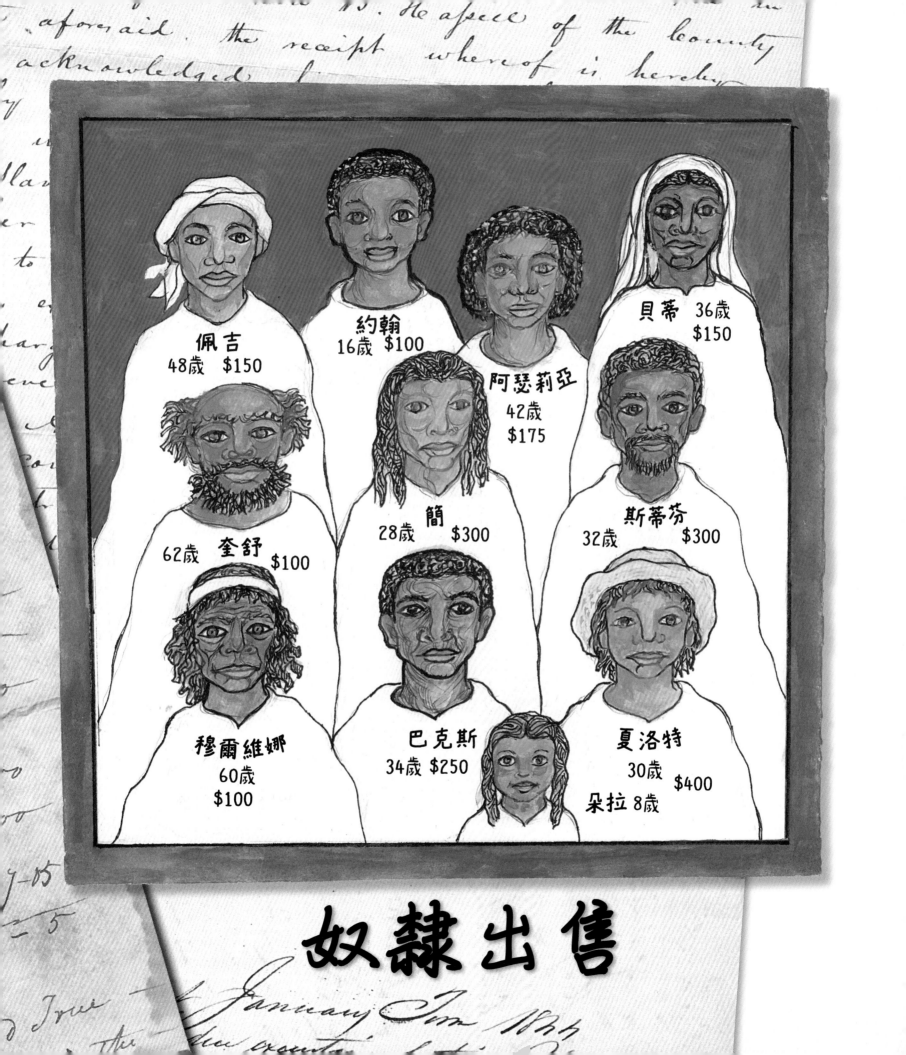

$150 佩吉，48歲

佩吉

我是菲爾柴德家的廚師。
我在那間大宅邸工作，
日復一日，
為柴德夫妻做特別的飯菜，
為奴隸提供簡單的食物。
像農工一樣，
我努力工作，
所有收入歸於莊園。

柴德夫人誇讚我的廚藝。
她經常精心設計菜單
並邀請朋友
來炫耀我的技能。
餐宴剩下的食物
我就偷偷送給其他奴隸。

身為柴德家的廚師，
我可以自由漫步於
莊園花園和樹林。
我認識當地的植物，
治病的植物：
菝葜[1]和洋甘菊根，
雲杉和長刺天門冬[2]。

我收集香料
為我的料理增添風味。
我漫步莊園時，
憶起在非洲老家的樹林。

村莊遭到襲擊的日子，
我記憶猶新：
父親被殺，
我和媽媽被抓去賣給白人奴隸販子。
這趟可怕的美國之旅，
我和媽媽活了下來；
更多其他人死了，
擠在船隻的骯髒貨艙之中。

船靠岸了。
我們被拍賣出去，
沒有同個家族或部落的人一起。
我們被喊叫聲嚇壞了，
那不是我們知曉的族語。
我們被剝奪了一切：
我們的語言，我們的習俗，
他們甚至奪走了我們的名字──
他們叫我佩吉。

佩吉！

我未曾再見過
我的媽媽，
不過，我覺得她就在我身邊，
尤其當我幫奴隸家人治療，
蒸煮根和草藥的時候，
就像在攪拌
先人流傳下來的智慧，
我的根在非洲。

(1) 菝葜（ㄅㄚˊ ㄑㄧㄚˋ），植物名。常供藥用，是沙士的原料之一。
(2) 長刺天門冬，印度傳統醫學經常使用的植物。

佩吉的夢想

在命名日的儀式上，
我的父母給我取名
瑪麗亞瑪──「上帝的禮物」。
我爸媽叫著：
「瑪麗亞瑪！瑪麗亞瑪！」
不斷在我心中吟唱。

做為菲爾柴德家的廚師，
我的房間
在大宅邸後面的小屋裡。
在大宅邸服務沒有好處，
反而把我與在田間工作的兄弟姐妹們
分開了。

我告訴小奴隸朵拉
各種植物的故事。
我教她煮飯的基本步驟，
就像從前
我媽媽教我一樣。

我的知識讓我
渴望懂得更多。

緩解奴隸的疼痛、痛苦
和苦難，
是我最大的喜樂。

小男孩約翰頭部受傷時，
他來找我。
我檢查了傷口，
然後用植物的根和草，
調配膏藥
為他敷上。

柴德夫人晚宴的客人
讚美我的廚藝。
然而，真正觸動我心的讚美
是聽到奴隸們
稱我為草藥醫生。

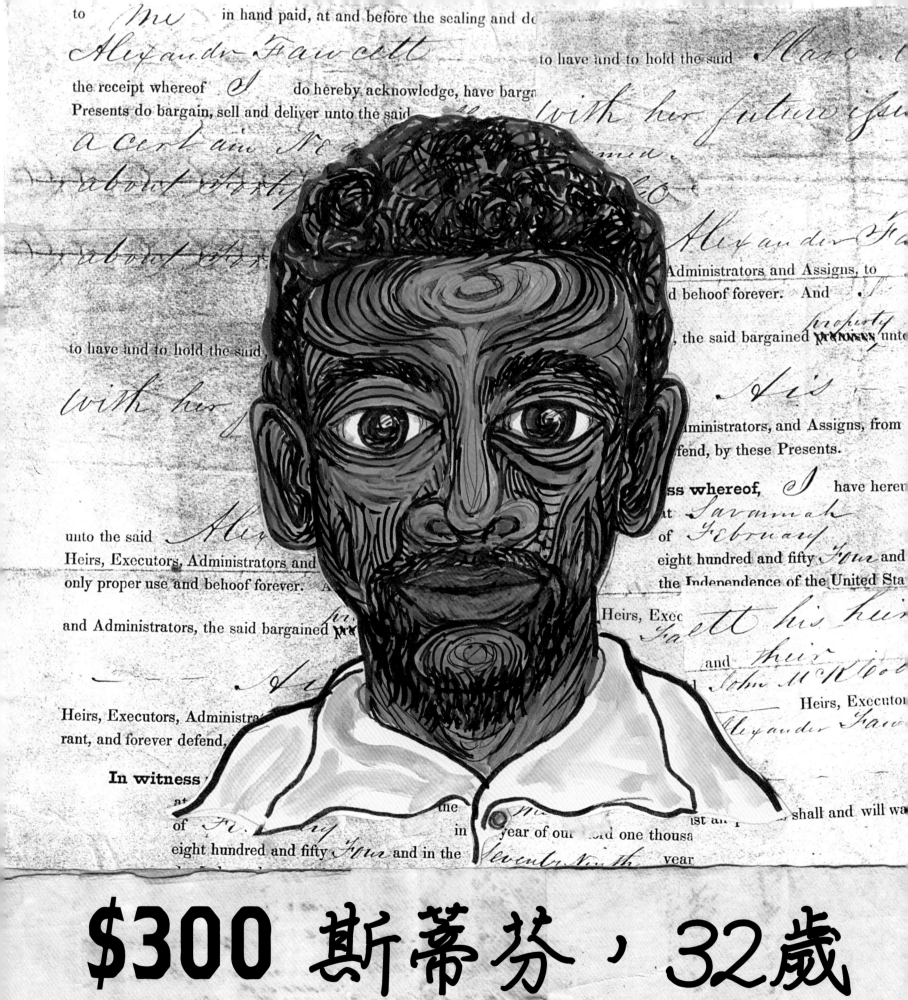

$300 斯蒂芬，32歲

斯蒂芬

菲爾柴德先生要我去當
木工學徒。
我在大宅邸工作,
為奴隸建造小屋,
為牛群蓋牛棚。

使用測量儀器和工具
學習如何工作
給了我內在的力量。
我尋找每種工具
神祕的生命力。
建築技能蘊藏在我的血液中,
建築工作讓我感到自立──
一種我在摘採棉花的時候
從未有過的感覺。

隨著我技藝純熟,
菲爾柴德將我外借,
到其他莊園工作。
各種不同的項目
拓展了我的能力;
我能夠弄懂複雜的建築設計,
有些連領班都做不到。
我的技能,增加了
菲爾柴德莊園的財富。

我被允許
教授年輕的奴隸約翰
學習木工,
他是我在莊園工作的助手。
對我和簡來說,
約翰就像我們的兒子。

我愛簡,
她是莊園的裁縫。
我為她建造了
專用的縫紉小屋。
我們一面工作,
一面學會了單詞、布料和木材的名稱。
同時學習了數字和測量。

教奴隸讀書
是犯法的。
但簡和我用我私藏的《聖經》,
偷偷教對方讀書。

主人們認為,
閱讀會讓我們想望自由。

我們不知是否可以學會閱讀,
但我們都想得到自由。

斯蒂芬的夢想

我在中非被迫為奴。
鎖在長長的奴隸隊伍之中。
我從漫長的路程中了活了下來，
好不容易到達岸邊。

我的家人叫我「耶羅丁」，
意思是「好學」。
我父親告訴我祖先的故事——
辛巴威的石匠、廷巴克圖大學。
在一片自由的土地上。
這些故事啟發了我。

我的主人將我視為他們的財產，
聽從他們的命令，
做他們所吩咐的工作。
但藉由從事木工
我感覺到了
身為一個自由人的
成就和驕傲。

可以的話，
我會選擇
為世界各地
各種氣候的人們
設計和建造房屋。
也為簡建造。

簡和我彼此相愛。

我們夢想
在一片自由的土地上，
能有一段正式的婚姻。
我們的孩子
不會被別人擁有，
當一輩子的奴隸。

他們將是我們的孩子，
終身自由。

$300　簡，28歲

簡

我是菲爾柴德夫人的裁縫。
因為我的裁剪手藝，
名氣響叮噹。
我設計和縫製
所有柴德夫人的裙子，
還為柴德先生剪裁襯衫和褲子。

我喜歡搭配彩色布料，
創造獨特的花紋。
它們為穿戴者帶來許多讚美。
編織非洲布的種種回憶
常駐我心。

菲爾柴德太太的朋友們
對我的縫紉要求太多了。
菲爾柴德先生找了斯蒂芬
建造一間獨立小屋，
做為我的工作場所。

我愛斯蒂芬。
他是莊園的木匠。
長得十分高大，
走起路來就像個自由人。

奴隸們私下談論著
那些成功逃跑的事蹟。
那些被抓到的人，
盡是令人心碎的故事。
再次成為奴隸時，
他們受到種種殘酷的懲罰。

斯蒂芬和我談過逃跑一事，
討論如何躲過巡視者
和他們的獵犬。
在菲爾柴德先生的盛大派對上，
在客人不再需要奴隸服務之後，
我們在小屋集合，
小聲討論奴隸抵抗和逃跑的故事。
我們大聲唱奴隸歌曲，
覆蓋我們的低語。

總有一天，斯蒂芬和我
能夠一起
自由自在的生活！

簡的夢想

我在西非村莊長大，
對我父母來說，
我很珍貴。
他們給我起名叫「捨娃」，
意思是「寶石」。

小時候我在家裡的紡織廠
當過學徒。
我在父母身邊工作。
我的雙眼
緊跟著紡織中的布料轉動。
我覺得從紡紗、織布、
到織物的染整，
有如以線織出奇蹟，
線變成布，
布變成穿的衣服。

某一天
奴隸掠奪者
襲擊我們的村莊。
為保護我而戰，
我的父母被殺。

我被俘虜後，
被運到美國當奴隸。
我赤身裸體的站著，
在拍賣區待價而沽。

在莊園裡，
編織成為我的救贖。
使用布料工作
成為我雙手之歌。

透過製作衣服，
我的藝術才華日益增長。
我把得到的讚美，
做為我獻給祖先的貢品。

斯蒂芬和我
視年輕的奴隸約翰如子。

我們永遠不會失去希望，
我們有一天會自由生活。
我編織這些想法
成為自由的夢想之布。

$100 约翰，16歲

約翰

我八歲時
被當作生日禮物
送給菲爾柴德夫人。

菲爾柴德夫人的哥哥
在南卡羅萊納州有一座莊園，
我就出生在那裡。
他擁有一百多個奴隸——
出生的孩子都是
業主的財產。
我從來不認識爹娘。
我們孩子像大人一樣
在田裡工作。

在菲爾柴德莊園裡，
我負責照料牛群，
也幫忙傳訊
給菲爾柴德的朋友們。
我必須持通行證
給巡邏者檢查。
沒有通行證，
任何黑人都不可走出莊園。
否則會遭到殘忍毆打。

裁縫簡和木匠斯蒂芬
把我當作兒子一樣對待。
斯蒂芬教我
如何使用工具。
我協助他
莊園的建設工作。
我想和斯蒂芬一樣——
自豪、體貼和聰明。

斯蒂芬和簡偷偷的
教我閱讀和寫作。
他們說：「我們終有一天會自由！
而你也會教導別人。」

我逃向自由的想法，
每天都變得更強烈。

哦！自由！哦！自由！
哦！至高無上的自由！

約翰的夢想

住在一起的奴隸告訴我
非洲的模樣。
我知道艱辛，
見過殘酷的待遇，
但我也聽過奴隸
講述非洲豐富文化的故事。
達荷美[3]的故事，
金屬和黏土的雕塑、
部落儀式面具和雕刻。

莊園裡的長者
教會我們這些故事
和非洲歌曲，
喚醒了我內心的藝術細胞。

斯蒂芬和簡
見我手持棍子
在地面畫畫，
他們給我用過的紙。
我畫了所有眼見之物——
人、動物和植物。

我不讓主人知道
我懂藝術，
但我向其他奴隸
展示我的作品。

他們稱讚我的畫。
他們叫我「奧希爾」——
「藝術家」的約魯巴語稱呼。
他們說：「我們以你為榮！」
這讓我心情愉快。

我想知道藝術如何
降臨到我一個奴隸的身上。
是不是來自
掛在大宅邸裡的畫作？
是不是來自
我跑腿的那些房子裡
看到的藝術？

不管我在莊園
做什麼工作，
甚至向斯蒂芬學習木工的時候，
我都想到畫畫。

我計畫有一天
自由的描繪
這些自由的黑人。
我會創作可愛的肖像，
畫出他們的
力量和美麗。

(3) 達荷美王國（Dahomey），17-19世紀存在於非洲西部的黑人國家，擁有所向披靡的達荷美亞馬遜女軍團。

$175 阿瑟莉亞，42歲

阿瑟莉亞

我們都知道，
奴隸就是不停的工作。
工作，從黎明到黃昏，
在雨中，寒冷中，悶熱中。

我是菲爾柴德莊園的洗衣工
我縫製衣服、床單和窗簾。
我和裁縫簡一起工作，
洗她設計的衣服。
我也是一流的熨衣工，
從未熨焦任何布料，
撫平菲爾柴德夫人的特別禮服的
褶皺和褶邊。

我穿著樸素的粗罩衫。
在收穫的時候，
我和男人一起下田工作
我把牛趕到牧場，
幫荷斯坦奶牛擠奶，
餵豬和清理豬圈。

季節到了，
小朵拉和我，
就為廚師佩吉
收集水果和漿果。

小朵拉和我一起長大。
她總是想幫忙。
她幫我逃避苦差事。
我們喜歡啃漿果，
品嘗水果。
她用我的非洲名字稱呼我：
「阿德羅」──「生命給予者」。

身為奴隸，
我們做我們主人期待與要求的；
身為人類，
我們的真實生活
是我們寶貴的祕密。

阿瑟莉亞的夢想

我從未忘記
在我的非洲村莊
如何利用聲音和動手示範
傳授與學習。

我們傾聽
村裡的巫師
歌頌我們部落的歷史；
我們學會的故事和歌曲，
就活在我們身上。

佩吉和我教小朵拉，
保持口傳的生命力。
當我教小朵拉時，
我覺得我並未辜負我的名字。
我們的故事和歌曲
使我們的生命更堅強。

這就是為什麼長輩
奎舒和穆爾維娜，
用他們創作的歌曲
振奮我們的精神.
這些我們聽過的聖經故事
都是充滿我們渴望
和感情的歌曲。

在我這輩子被奴役的歲月裡，
我聽著祖先的聲音，
在我無盡的疲憊之中，
迴響著，
給我力量
來承受不公，
相信自己
並生存下來。

願我們的歌曲和故事
永存在我們心中。
願渴望自由的決心
在學習中成長！

$400 夏洛特，30歲
孩子朵拉，8歲

夏洛特

小時候在非洲，
我利用河泥塑造了
杯子、碗、動物。
村裡的陶工教我陶藝。
她在她的窯裡
燒製我的作品。

我的手指沒有靜止過，
我割蘆葦和草，
把它們編織成墊子和籃子。

編織是我的工作。
在大宅邸的小屋裡
我製作各式各樣、
不同用途的籃子。
我努力工作
以滿足莊園的需要
和外部的訂單，
增加了莊園的收入
和聲譽。

多年前的鐵匠巴克斯和我
「跳過掃帚」——
奴隸的婚姻習俗。
奴隸沒有法律形式。
在奴隸拍賣會上
不承認家庭關係。

然後，八年前，
我們的女兒出生了。
菲爾柴德一家人叫她朵拉。
我們私下
稱她為「阿庫亞」。
「阿庫亞」——「甜蜜的信使」。
對巴克斯來說，我是「畢瑟」
——「大愛」。
對我們來說，巴克斯就是「亞伯納」
——「男子氣概。」

我有許多籃子訂單要完成時，
老奴隸阿瑟莉亞
經常幫忙照顧小朵拉。
奴隸家庭
聚在一起；
盡我們所能
互相幫助。

我教朵拉製作籃子。
現在，
她的籃子和我的一起賣。

巴克斯和我暗中籌備著逃亡計畫。
我們知道我們工作的收入
能支撐我們
在自由的土地上生活。

夏洛特的夢想

我創作的籃子
讓我想起家人，
和我在非洲的生活。

業主不知道
我透過我的手藝
更了解我自己。
我受到我丈夫巴克斯的藝術啟發
他用於柵欄或欄杆
交錯金屬絲的方式，
啟發我結合彩色燈心草
編成非洲圖案。
強調不同造型，
讓我的籃子與眾不同。

我被燈心草、青草和稻草包圍著，
我沉浸在編織技藝的
無限可能之中。

巴克斯和朵拉
到小屋來看我時，
這個封閉的空間，
這個密閉的世界
讓我的心
回到開放的世界——
我在非洲的村莊。

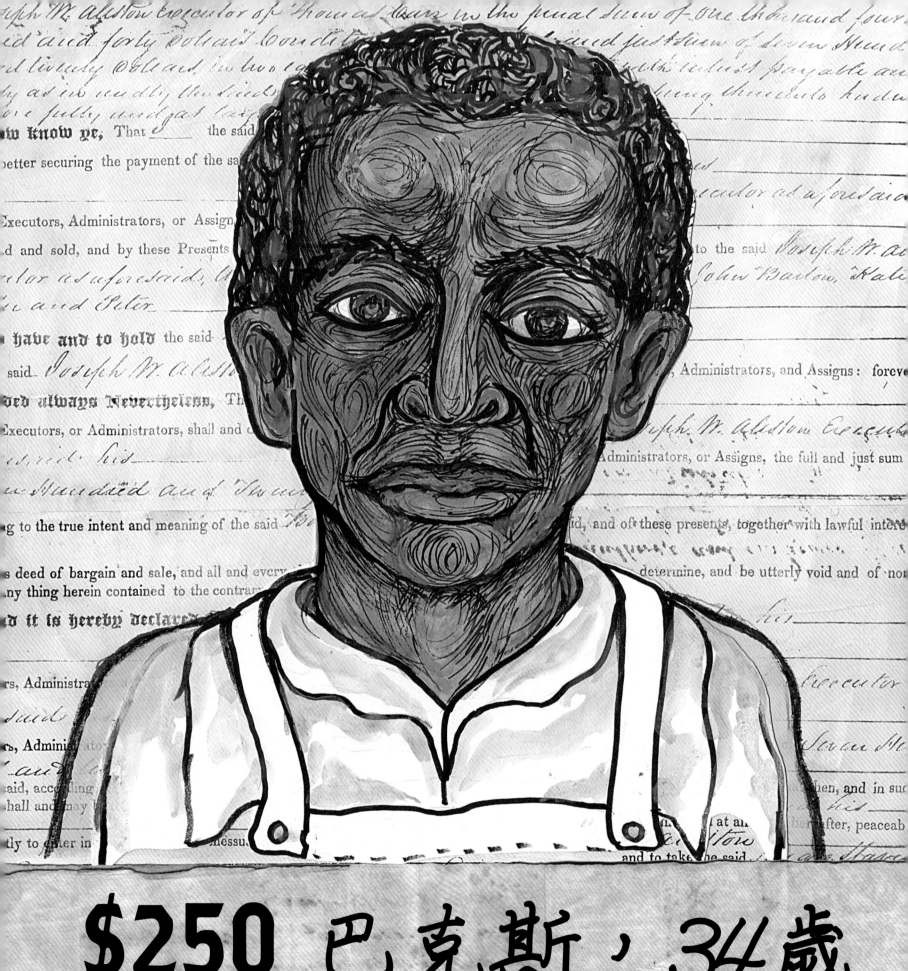

$250 巴克斯，34歲

巴克斯

我的妻子夏洛特
還有我們的女兒朵拉，
讓我懷抱希望——
有一天我們都將自由。

我是鐵匠的學徒。
我學會了使用金屬。
我製作莊園的欄杆和柵欄，
也為大宅邸製作金屬零件和物件。
我的彎曲金屬圖案
給莊園的客人留下深刻印象；
他們說，我的作品
和他們在新奧爾良看到的
金屬陽臺同樣出色。

鑄造廠工作的奴隸
休息時候講述了逃跑的故事。
也聽說了奴隸起義
和海地的奴隸獨立。

晚上我研究星星——
北極星，北斗七星。
在通往自由的道路上，
我是否會有機會
與妻子和孩子
避開巡邏者和獵犬，
尋求來自其他奴隸和好人的幫助？
好多的規畫，
好多的願望。

現在我們正在等待出售，
我晚上幾乎睡不著覺。
我忍不住害怕起分離，
我無力讓我的家人不被拆散。
晚上我緊緊抱著夏洛特，
朵拉在她的草蓆上
安靜睡著了。
愛與希望的淚水
盈滿我的雙眼。

巴克斯的夢想

主人將我們視為勞動者。
吹噓我們的技術，
把我們出租。
我們所做的一切
裨益了他們的財富。

他們不知道
不管我們做什麼，
我們都生活在其中。
我工作時，
想著我的妻子夏洛特
和我們的女兒朵拉。
脆弱的生命啊！

我與金屬打交道，
從鋼到黃銅。
我精通用火鍛造的藝術。

用夾子從熾熱的熔爐中
取出火熱的金屬
我用重鎚敲打，
發洩憤怒，發洩怒火。
鏘！鏘！

每一次敲擊都敲響了音符：
鏘！鏘！
對正義的敲打：
砰！砰！
呼籲尊重：
咚！咚！

鐵砧上的節拍，
是我對自由的訴求，
呼喚，呼喚：
自由，自由！
哦！哦！自由！

$100 奎舒，62歲

奎舒

多年前，
在路易斯安那州的農莊
穆爾維娜和我一起工作。
人們總是能聽到我們的聲音，
唱啊，唱啊，唱啊！

把我們凝聚在一起的
是我們的聲音。
我們唱歌來堅定我們的心。
我們互相關懷。
幸運的是，我們一起
被賣到菲爾柴德莊園。

我們對動物很有辦法。
我們牽著莊園的牛
到綠色牧場
和靜靜的水邊。
不管做什麼工作——
放牛、照料花園、摘棉花，
我們都唱著歌。
牛群穩健的步態，

牠們滿足、安靜的咀嚼
喚起我們
想唱歌的心情。
為了主日教堂儀式，
我們在大宅邸後面站著，
對聽到的聖經故事，
唱著低沉、耐人尋味的旋律。
我們記得摩西、約書亞、大衛、
耶穌和瑪麗的苦難和渴望的故事，
就像我們自己的故事。

在棉花田勞動、照顧花園、
為莊園種植一排排蔬菜，
這些繁重的日常瑣事中，
穆爾維娜和我一起輕聲唱道：
「哦，漸漸的，
漸漸的，
我即將放下
我沉重的擔子。」

奎舒的夢想

奴隸的勞動
繁榮了這個莊園。
經過白日的
努力工作，
我也想有所成就。

聽奴隸唱著
穆爾維娜和我寫的曲子，
使我想起
非洲的日常和禮俗，
豐富的音樂世界
如此完整、自然。

我們擁有的物品和時間
實在太少。
我的約魯巴語名字，「凱約德」——
意思是「他帶來了歡樂」。
我想著，
要怎麼才能將歡樂
引進我們被壓迫的生活？

我開始製作簡單的樂器，
用空心蘆葦製作
不同音調的笛子，
用胡瓜的種子
製作沙鈴。

鼓是被禁止的。
業主擔心
我們用鼓傳送訊息。
我們用我們的身體
敲擊出節奏。
拍手，拍打側邊，
跺腳。

我們創作音樂！
我們擠出時間，
我們歡笑，我們跳舞。
度過歡樂的時刻。
那是我們為生存抓住的出口，
是我們自己擁有的東西。

$100 穆爾維娜，60歲

穆爾維娜

我不似從前
那般強壯，
但我的歌聲
和以往一樣渾厚有力。
儘管如此，我還是在田裡工作
摘棉花，種菜。
我會特別照顧
佩吉的根莖類和香草園。

唱歌帶給我從事日常工作的力量，
我的聲音
一直陪伴著我。

在花園裡
挖掘時
我唱歌，我唱歌。
彎下腰來，
播種犁溝，
給植物除草時，
我唱歌，我唱歌。
和奎舒在一起時，
我們創作大家喜歡的歌曲。
我們開始高歌。
其他人齊聲高呼。

非洲歌曲活在我們體內。
我們高唱：「我的這盞小燈，
我會讓它發光。」
我們不能
將這點喜悅也繳納出去。

我們一遍又一遍的唱著
直到田野裡的每個人
和我們一起唱歌，
使得這些歌詞成為
他們自己的話語。

當奎舒和我聽到其他人
唱著我們的歌，
感覺像是幫助了他們
忍受奴役的重擔。
歌曲讓我們永遠不會失去希望
有一天我們會自由。
自由！

穆爾維娜的夢想

在我的非洲村莊裡
我被喚著我的非洲名字，
「尼亞米！尼亞米！」
像它天生聽起來就該如此。

我走了很長的路，
漫長的歲月
淚流滿面。
回憶的淚水。

多年的強迫勞動，
並沒有把祖先流傳的思想
趕出我的腦海。
我的教學回憶——
被孩子們包圍，
唱我們人民的歌，
我們的歷史故事
永遠存在我的心中。

與朵拉和約翰聚在一起時，
我用對非洲的記憶和渴望，
創作故事及歌曲。
歌曲保護我們的心免受虐待，
把我們緊繫在一起，
使我們的生命更堅強。

我教他們唱歌，
唱我的歡樂和安慰之歌：
「祂擁有整個世界
在祂的手中。
在祂的手中。」

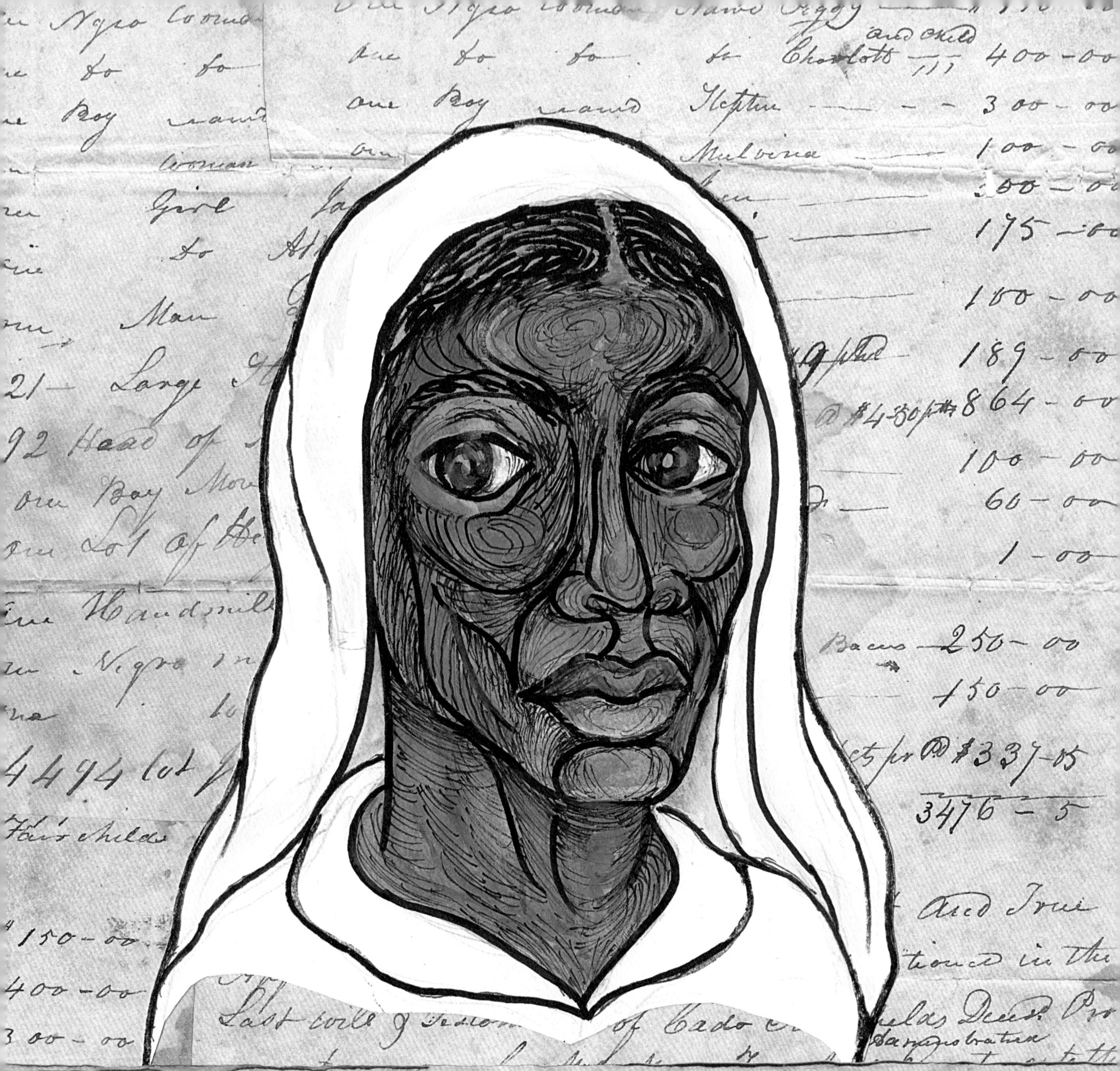

$150 貝蒂，36歲

貝蒂

我是菲爾柴德莊園的專屬花匠。
定期清掃大宅邸。
在菲爾柴德夫人指示下
我擺設插花，
協助所有室內裝飾。
我的工作使得這座房子
成為美麗和舒適的典範。
主人把我借給其他莊園
幫他們設計花園，
為他們的客廳創造風格。

知曉自己有裝飾房子的天賦
使得我內心變得堅強。
了解自己對大自然的熱愛
向我揭示了
誘人的花園小徑。

工作空檔，
我們聚在嚴密守衛的
密閉空間。
我趁機告訴
我的兄弟姐妹們，
替菲爾柴德莊園帶來名聲的，
是我們經常為人所用的才能。
我們的才能。

我的鼓勵話語
溫暖了每一顆心。
在希望和愛中，
我們互相擁抱、
輕聲歌唱、
互相安慰：
「自由！哦！自由！」

貝蒂的夢想

我的約魯巴名字——
「特密托布」,
意思是「感謝上帝」。

為業主修剪園藝時,
我想著
如果我是自由人,
我就能自己擁有
數英畝的土地。

我會僱用
來自城市和農場的男女
與我一起
在這片土地上工作和學習。
我們的勞動所得
將使所有工人受益。

我們的技能和勞動被認可,
業主怎麼能說
我們是財產,
像棉花、牛、豬一樣
估價和定價?

業主說
我們沒有歷史。

即使我們被奴役,
仍然是一個民族。
我們記得我們的非洲文化,
我們的傳統,我們的工藝。
這種知識活在我們心中
是一種無法擊敗的驕傲。

我們知道我們不是奴隸。
我們屬於人類大家庭。
我們尊重地球上的生命。
我們將與所有人分享
我們的勞動成果。
我們對土地的耕種
是我們表示感謝的禮物,
是我們對地球母親的讚美之歌。

At An Appraisement Held at the House of
Mrs Fairchildes on the 5th July 1828 to appraise
the Property of the Estate of Cado Fairchild
Dec.d Desposed of his wife —

One Negro Woman Named Peggy and child	$150 — 00
one do boy do Charlott	400 — 00
one Boy named Neptun	300 — 00
one Woman Melvina	100 — 00
one Girl Jane	300 — 00
one do Amelia	175 — 00
one Man Dush	150 — 00
21 Large Steers @ $9 pHd	189 — 00
192 Head of Stock Cattle @ $4-50p	864 — 00
one Boy More	100 — 00
one Lot of Hogs 40 H. D	60 — 00
one Handmill	1 —
one Negro man Named Bacus	250 —
one Woman Betty	150 —
4494 lot fine Cotton @ 7½ cts pr ℔ @ $33	347 6

1828年7月5日，在菲爾柴德夫人家中舉行估價。
評估過世的卡多·菲爾柴德的財產，處置他的遺囑。

黑人女性	佩吉	$150.00
黑人女性	夏洛特及其孩子	$400.00
黑人男孩	斯蒂芬	$300.00
黑人女性	穆爾維娜	$100.00
黑人女孩	簡	$300.00
黑人女孩	阿瑟莉亞	$175.00
黑人男性	奎舒	$100.00
21頭大公牛，每頭9元		$189.00
192頭豢養的牛，每頭4.5元		$864.00
1匹紅棕色母馬		$100.00
40頭豬		$60.00
1臺磨粉機		$1.00
黑人男性	巴克斯	$250.00
黑人女性	貝蒂	$150.00
4494包棉花 每磅7.5美分		$337.05

$3476-

我們證明以上估價公正真實，所有的財產來自卡多·菲爾柴德最後的土地和財產契約，相關資料由瑪莉·菲爾柴德夫人提供。

我們竭盡所能評估，並進行管理

威廉·亞維利
H. 歐文斯
李蒙·薛波德

作者的話

一個名字，一個年齡，一種價格。像你這樣的人。像我這樣的人。出售！

許多年前，我獲得了一系列與奴隸有關的文件。這些文件的歷史可以追溯到1820年代到1860年代。

我被這些文件深深打動，並一直希望能夠利用它們。最後，我選擇了從1828年7月5日，菲爾柴德遺產估價的文件來講述這個故事：十一名奴隸與牛、豬、棉花一起出售，文件上只註明奴隸的姓名和價格，沒有註明年齡。

我受到這些史料的啟發，準備重現這些奴隸的生命，讓他們講述自己的故事。在1800年代，「男孩」、「女人」、「男人」、「女孩」和「女人」這些術語的使用與奴隸的實際年齡無關。為了撰寫這本書，我為每個人設定了年齡和在莊園負責的工作。

在美國的奴隸制下，黑人是所有者的財產，不被視為人類。我試圖透過這個故事的文字和藝術表現，讓這些奴隸能像人類一樣活著。我為這十一個奴隸畫了肖像，我研究他們每一個人，傾聽他們的聲音；我用自由詩的方式寫下我聽到的內容，以強調他們的話語。這些話語講述了他們的背景，以及他們在莊園的工作。然後，為了拉近這些人的距離，我寫下了他們工作時的想法，然後以藝術的方式，描繪這些人實現夢想的渴望。

Ashley Bryan

謹以本書紀念我的父母、我們非洲祖先的聲音，以及藝術的啟發。

本書的書名源於〈哦！自由！〉（Oh Freedom!）這首可能出現在奴隸制廢除之後的黑人靈歌。即使《解放奴隸宣言》發布，黑人卻沒有和其他美國人一樣，享有包括投票權的自由。他們遭受種族歧視、暴力對待，還有種族隔離政策。〈哦！自由！〉就像其他黑人靈歌，不但擁有多重涵義，而且時常在1950 年代和 1960 年代的非裔美國人民權運動中演唱。

Thinking 081
哦！自由！
與牛、豬、棉花一起標價出售的十一名奴隸，他們的夢想與呼喊

作者｜阿西立·布萊恩 Ashley Bryan
翻譯｜張子樟

字畝文化創意有限公司

社　　長｜馮季眉
責任編輯｜巫佳蓮
編　　輯｜戴鈺娟、陳心方
美術設計｜劉曉樺
出　　版｜字畝文化創意有限公司
發　　行｜遠足文化事業股份有限公司
地　　址｜231 新北市新店區民權路108-2號9樓
電　　話｜(02)2218-1417
傳　　真｜(02)8667-1065
電子信箱｜service@bookrep.com.tw
網　　址｜www.bookrep.com.tw

讀書共和國出版集團

社長｜郭重興　發行人兼出版總監｜曾大福
業務平臺總經理｜李雪麗　業務平臺副總經理｜李復民
實體通路協理｜林詩富　網路暨海外通路協理｜張鑫峰
特販通路協理｜陳綺瑩
印務協理｜江域平　印務主任｜李孟儒

法律顧問｜華洋法律事務所　蘇文生律師
印　　製｜通南彩色印刷有限公司

2022年11月　初版一刷　定價｜380元　書號｜XBTH0081
ISBN　978-626-7069-94-3
特別聲明：有關本書中的言論內容，不代表本公司／出版集團之立場與意見，文責由作者自行承擔。

哦!自由! 與牛、豬、棉花一起標價出售的十一名奴隸，他們的夢想與呼喊/阿西立.布萊恩(Ashley Bryan)著；張子樟譯. -- 初版. --
新北市：字畝文化創意有限公司出版：遠足文化事業股份有限公司發行，2022.11 56面；26 x 28.54公分
譯自：Freedom over me : eleven slaves, their lives and dreams brought to life.
ISBN 978-626-7069-94-3(精裝)

874.598　　　　　　　　　　111012847

now here present, purchasing and accepting the

knowledging due delivery and proper possession

To wit: — A certain Mulattress

Thirty-Eight years and her

aged about Five years —

Property of the Present

guaranteed, against the

and Maladies, Prescribed

Which said Sla

Present Vendor, by Purcha

and Imputed into this